NON PUOI ESSERE TU

NON PUOI ESSERE TU

An Italian story of mystery

for Italian A2-B1 level learners

Prima edizione

Sonia Ognibene

Editore: Independently published

Sonia Ognibene

Non puoi essere tu

Edizione italiana

ISBN – 9781521196625

Alla donna che ho sognato di essere

e a quella che sono.

In continuo divenire.

Sommario

Istruzioni di lettura: leggetele, mi raccomando!

Cari studenti di lingua italiana, se avete acquistato questo libro è perché desiderate migliorare il vostro livello in modo divertente. Bravi, *bella mossa* (= *avete fatto la cosa giusta*)!

Mi spiego: come tutor di italiano su *italki*, un social network per lo studio delle lingue straniere, mi sono resa conto che molti studenti, pur conoscendo molte regole della grammatica italiana, continuano a non comprendere molti elementi di una conversazione e non riescono ad esprimersi correttamente per mancanza di vocaboli o di espressioni tipiche italiane.

Inoltre, ogni volta che provano a leggere un libro in italiano lo mollano fondamentalmente per tre ragioni:

- la trama è noiosa
- il testo è troppo complesso
- il libro è troppo lungo.

Per questo ho voluto scrivere una storia breve che tratta di un mistero soprannaturale, tutta narrata al presente e in prima persona, che presenta, in corsivo e tra parentesi, il significato reale di espressioni idiomatiche che un vocabolario online traduce solo in modo letterale.

Alla fine di ogni capitolo ho anche inserito un breve riassunto del testo appena letto, che potrà aiutarvi ulteriormente nella comprensione.

Detto ciò: divertitevi e imparate.

Invece a voi, cari lettori di madrelingua italiana, posso solo dire: rilassatevi e semplicemente godetevi questa storia.

Insomma, chiunque voi siate: buona lettura!

Capitolo 1

9 luglio, ore 2:00 del mattino.

Come al solito *faccio le ore piccole* (= *resto sveglia di notte per ore*) e leggo, guardo video, cazzeggio (= *perdo tempo*) sui social.

Cos'altro può fare una laureata in *Lettere* (= *studi umanistici*) con 110 e lode come me e senza lavoro?

Mia madre, *un giorno sì e un altro pure* (= *sempre*), mi dice: "Dovevi studiare Economia! A chi può interessare la letteratura italiana, il latino, la storia? Sono i soldi a muovere il mondo, sono le banche ad avere il potere! Ancora non l'hai capito?"

Prima l'ascoltavo e provavo anche a spiegarle le ragioni della mia scelta, ma ora mi sono arresa e così, tutte le volte che inizia a parlare, mi metto le cuffie e ascolto musica a tutto volume.

Sto dando un'occhiata alle foto (= *sto guardando le foto*) che mio cugino Pietro ha appena pubblicato su facebook. Qualcosa attira la mia attenzione. Torno indietro e comincio ad esaminarne una con molta attenzione: alle spalle di mio cugino vedo un viso familiare. Ingrandisco la foto e per poco non cado a terra svenuta: il viso serio e triste di quella donna sembra uguale a quello della mia amica Marcella.

"Non è possibile! Non può essere!"

Marcella è morta un anno fa.

Chiamo subito mio cugino e gli chiedo quasi urlando:

- Perché pubblichi foto vecchie di anni?

- Federica, sei tu?

- Sì, sono io. Mi dici perché hai pubblicato quelle foto?

- Ma di che stai parlando?

- Hai capito bene.

- Non sono foto vecchie, le ho scattate ieri sera.

- Ieri sera? Ma sei sicuro?

- Sicurissimo!

- E con chi sei nelle foto?

- Perché, non si vede? Mirco, Fabrizio e Matteo… i soliti amici.

- E la ragazza?

- Quale ragazza?

- Quella alle tue spalle!

- Non c'è nessuna ragazza dietro di me.

- Ma sì, quella con capelli biondi, occhi azzurri…

- Boh, con noi non ci sono ragazze…ma qual è il problema?

- Niente niente… scusa per la telefonata, buonanotte!

Torno di nuovo alle foto e noto che mio cugino indossa la maglietta che gli ho regalato per il suo compleanno solo tre settimane fa.

Sì, Pietro ha detto la verità, le foto sono recentissime.

Cerco di vedere dove sono state scattate e leggo: Viù, Lanzo.

- Lanzo? – dico ad alta voce.

Marcella è morta il 28 luglio scorso, proprio durante la sua vacanza in Piemonte. L'hanno trovata morta nel fiume Stura, Stura di Lanzo!

Comincia a girarmi la testa.

-È solo una coincidenza, una coincidenza! Non può essere lei! Devo essere razionale e arrivare all'unica conclusione plausibile: la ragazza nelle foto è solo una sosia di Marcella, una sosia dalla somiglianza stupefacente!".

Occhi grandi e incredibilmente azzurri, bocca piccola e carnosa, guance paffute, riccioli biondi e soffici. Un viso perfetto.

Esplodo in un pianto *dirotto* (= *fortissimo*) e non riesco a fermarmi.

Dal giorno della morte della mia amica Marcella *ho un macigno sul cuore* (= *soffro moltissimo*). Mi sento terribilmente *in colpa* (= *colpevole*): se fossi andata in vacanza con Marcella, forse oggi lei sarebbe ancora viva.

Riassunto capitolo 1

Federica si è laureata da poco, non ha un lavoro e di notte passa molto tempo sui social. Scorrendo la home di facebook vede delle foto recenti di suo cugino in vacanza con alcuni amici. Dietro di lui vede una ragazza che somiglia moltissimo alla sua amica del cuore Marcella, che però è morta un anno prima, proprio nei luoghi in cui suo cugino ha scattato le foto. Nessuno sa come e perché Marcella sia morta e Federica continua a sentirsi in colpa perché non era con lei quella notte.

Capitolo 2

- Che hai? – mi chiede mia madre questa mattina.

- Perché? – rispondo io.

- Hai una faccia orribile.

- Grazie tante, mamma. Riesci sempre a *tirarmi su di morale* (= *farmi stare bene*).

- Ma è vero! Hai gli occhi gonfi e rossi! Hai pianto?

- *Non ho chiuso occhio* (= *non ho dormito*) questa notte… per il caldo, forse, la stanchezza. Magari ho solo bisogno di una vacanza. – dico mentendo.

- E dove?

- Non lo so, da qualche parte.

- Con quali soldi?

- Oddio, sai parlare solo di soldi!

Esco dalla cucina e vado a farmi una doccia.

Durante la notte ho preso una decisione: andrò a Viù e Lanzo. Voglio trovare la ragazza nelle foto, forse se la troverò mi sentirò più vicina alla mia amica Marcella. Forse, visitando i luoghi in cui lei è morta, ritroverò la pace.

Ma mia madre ha ragione: con quali soldi penso di partire?

Ho solo novanta euro e sicuramente non posso affrontare un viaggio di circa seicento chilometri con questa cifra. Ma soprattutto, come ci arrivo in Piemonte? Col treno, l'autobus, la macchina? Io non ho una macchina, uso quella di mia madre quando non va al lavoro.

Devo trovare un modo per racimolare dei soldi… *ci sono* (= *ecco la soluzione*)! Il mio vecchio smartphone è ancora utilizzabile perciò venderò l'iPhone e la mountain bike che mi hanno regalato i parenti e gli amici per la laurea. Mi dispiace farlo, ma non ho alternativa.

Devo partire.

******

Sono passate più di due settimane ma ho venduto tutto: ho racimolato quasi cinquecento euro! E questa mattina ho anche risolto il problema del mezzo di trasporto.

Sono andata da mio nonno e gli ho detto:

- Ehi, nonno, ti serve la macchina questa settimana?

- Non lo so. A volte la prendo e a volte no.

- Quindi non hai cose importanti da fare questa settimana con la macchina!

- Non penso...

- Allora puoi prestarmela per qualche giorno?

- Quanti?

- Due, tre, quattro… non lo so. Devo fare dei colloqui di lavoro a Bologna e con la macchina mi sposto meglio.

Alla parola "lavoro", mio nonno ha fatto un bel sorriso e mi ha detto:

- E va bene, se è per dei colloqui, prendila! Ma falla controllare dal meccanico prima di partire.

Ho abbracciato mio nonno e sono uscita da casa sua *col cuore sollevato (= serena, senza preoccupazioni)*.

Mi è dispiaciuto dire una bugia a mio nonno, ma lui è come la mamma: nella vita esistono solo il lavoro e i soldi, i soldi e il lavoro.

Ovviamente ho mentito anche a mia madre. Se le dicessi che sto andando in Piemonte a cercare una ragazza che somiglia alla mia amica morta un anno fa, mi *darebbe della pazza* (= *direbbe che sono pazza*), invece adesso è *al settimo cielo* (= *felicissima*):

- Hai fatto bene a vendere quella roba per cercare lavoro, brava! - mi ha detto ieri -Vedrai, andrà tutto bene!

Riassunto capitolo 2

Federica ha pianto tutta la notte. Ha deciso che andrà a Viù e Lanzo per cercare la ragazza che somiglia a Marcella, ma ha bisogno di soldi per il viaggio, così vende il suo iPhone e la sua mountain bike, poi va dal nonno e gli chiede in prestito la macchina. Alla mamma e al nonno, sempre preoccupati per la mancanza di denaro, non dice che i soldi e la macchina le serviranno per andare in Piemonte, ma per andare a Bologna, dove avrà dei colloqui di lavoro.

Capitolo 3

In viaggio, finalmente! *Non sto nella pelle* (= *sono molto eccitata*) all'idea di partire per la prima volta da sola e in macchina verso un luogo che non conosco.

Ora devo solo concentrarmi sulla guida, fare attenzione a non sbagliare il percorso che ho studiato attentamente al computer: andare verso Ancona, prendere la A14, percorrerla per 236 chilometri, andare a sinistra, continuare per 42 chilometri sulla E45, proseguire sulla A1 per altri 97 chilometri, uscire a Piacenza Sud per entrare in A21, direzione Torino, da lì, prendere la A55 e infine continuare su alcune strade provinciali per raggiungere Lanzo.

Ho prenotato una stanza in un piccolo albergo chiamato *Il Ponte*. È il più economico che abbia trovato.

Non vedo l'ora (= sono molto impaziente) di arrivare, di vedere i luoghi che Marcella ha visto un anno fa, prima che la morte la prendesse con sé, prima che tutti i suoi sogni si spezzassero per sempre.

Non ho più visto o sentito la famiglia dopo il funerale di Marcella: qualche volta ho pensato di telefonare a sua madre o andarla a trovare, ma avevo troppa paura che non volesse vedermi, che mi considerasse responsabile della morte di sua figlia.

Infatti, se fossi partita con Marcella così come era stato deciso un mese prima, lei non sarebbe mai caduta da quel maledetto ponte sul fiume Stura e, se anche fosse successo, io avrei potuto salvarla. Invece l'avevo *piantata in asso* (= *lasciata sola improvvisamente*) per uno stupido ragazzo *per cui avevo perso la testa* (= *di cui ero molto innamorata*) e con il quale avevo deciso di andare in vacanza.

In paese e tra la polizia ci sono stati alcuni che hanno creduto all'ipotesi della caduta accidentale, mentre altri hanno pensato al suicidio perché, alcuni mesi prima della partenza, Marcella era stata lasciata dal suo fidanzato con cui stava insieme da quattro anni.

Una cosa è certa, tutti hanno escluso l'omicidio, *in quanto (= poiché, perché)* non sono state trovate tracce di violenza sul corpo di Marcella, eccetto una profonda ferita alla testa dovuta alla caduta sulle rocce.

I genitori hanno voluto riavere al più presto il corpo della loro unica figlia per darle sepoltura, poter pregare sulla sua tomba, portarle dei fiori.

Dopo quel dolore immenso desideravano solo pace e silenzio.

Io, invece, avrei preferito che la polizia indagasse più a fondo.

Marcella era stata lasciata dal suo fidanzato, è vero, ma era una ragazza allegra, piena di vita e con tanti progetti da realizzare, quindi come poteva desiderare la morte?

Non è possibile. Io non ho ci ho mai creduto.

E non ho mai creduto neppure all'ipotesi dell'incidente: Marcella era una ragazza molto cauta, anzi, troppo cauta quando era vicina all'acqua. Ricordo che una volta eravamo andate a fare un'escursione sui Monti Sibillini. A un certo punto avevamo deciso di rinfrescarci piedi e braccia nel torrente Ambro. In quell'occasione lei aveva detto:

- E se ci casco dentro? No, io ho paura!

Ricordo che le avevo risposto:

- Tranquilla, Marcella! Restiamo solo con i piedi *in ammollo* (= *dentro l'acqua*)!

Ma lei non aveva cambiato idea: era rimasta distante dal torrente, *all'ombra di* (= *sotto*) un faggio.

Quindi, se Marcella aveva paura anche di un torrente, come è possibile che fosse vicina allo Stura?

Ho aspettato molti mesi, ma nessun poliziotto è mai venuto a cercarmi per farmi domande o conoscere la mia opinione sull'argomento. Non sono venuti neppure dei giornalisti, perché il caso non presentava misteri oscuri, quindi non c'era nulla di interessante per i lettori.

E io continuo a sentire il peso della colpa: dovevo avere più coraggio e dire alla polizia che avevo dei dubbi. Dovevo convincerli ad indagare più a fondo.

Lanzo è a pochi chilometri ormai, l'albergo è vicino e spero tanto che questo viaggio mi dia la serenità che sto cercando.

Riassunto capitolo 3

Federica è in macchina verso Lanzo, dove ha prenotato una stanza ad un prezzo molto basso.
Mentre guida, pensa che la polizia abbia sbagliato a credere che Marcella sia caduta accidentalmente o volontariamente dal ponte. Marcella non poteva stare su quel ponte perché aveva troppa paura dell'acqua e amava troppo la vita per uccidersi a causa di un ragazzo.
Federica si sente in colpa perché non ha comunicato alla polizia i suoi dubbi sulla morte dell'amica e perché non ha parlato più con la famiglia di Marcella per paura di essere considerata responsabile della sua morte.
Federica, infatti, avrebbe dovuto partire per Lanzo insieme a Marcella e poi, all'improvviso, l'aveva lasciata sola per andare in vacanza con un ragazzo che le piaceva molto.
Federica sta per arrivare a Lanzo.

Capitolo 4

L'albergo *Il Ponte* ha una facciata esterna bianco sporco. Il portone d'ingresso è diverso da qualunque altro portone di albergo che abbia mai visto: è in legno scuro e senza vetri. È chiuso. Suono il campanello, non una volta, ma tre.

Appare una donna con i capelli grigi tirati all'indietro, la pelle giallastra e rugosa, un rossetto appariscente, steso male sulle labbra avvizzite. Indossa una camicia grigia, un pantalone nero e un paio di scarpe basse.

- Federica Basso? – mi chiede con un sorriso.

- Sì, salve.

- Entri.

L'ingresso dell'albergo è stretto. Dalle piccole finestre entra poca luce.

- Com'è andato il viaggio?

- Tutto bene, grazie.

- Ha trovato traffico?

- Non proprio, ma c'erano molti camion. I camion mi rendono ansiosa durante la guida.

- Può darmi la carta d'identità, per favore?

- Certamente, tenga!

- Uhm, viene dalle Marche.

- Conosce la zona?

- Sì, ci sono stata due volte. Al mare, sul Conero.

- Oh, ha scelto bene, là c'è un mare stupendo.

- Ma è stato tanto, tanto tempo fa. – aggiunge senza un sorriso.

- Allora dovrebbe ritornarci!

- E lei perché è qui? Lavoro, vacanze?

- Devo incontrare una persona.

- A Lanzo?

- Non so, qui o a Viù.

- Un ragazzo? – mi chiede la donna fissandomi negli occhi.

Rimango in silenzio per un po', fingendo di cercare qualcosa nella mia borsa, perché non so se rispondere alle sue domande insistenti e anche un po' indiscrete, ma poi dico:

- No, nessun ragazzo. È complicato: sto cercando una ragazza, ma non so dove abiti. *Magari* (= *forse*) lei può aiutarmi.

- In che modo?

- Potrei farle vedere la foto di questa ragazza e lei potrebbe dirmi se la conosce o l'ha mai vista da queste parti.

La donna annuisce.

Mi affretto a prendere lo smartphone e cerco le foto di mio cugino.

- Ecco, conosce la ragazza bionda dietro l'uomo con la barba?

La donna guarda la prima foto ma non riesce a vedere bene, perciò si mette gli occhiali che sono sul bancone della reception.

- Se vuole posso ingrandirla.

- Sì, è meglio.

La signora avvicina il viso allo schermo e quando vede il volto della ragazza rimane immobile per diversi secondi, poi allontana lo smartphone e mi dice in modo sbrigativo:

- Non la conosco.

- Ne è proprio sicura?

- Sicurissima. E lei vuole andare a Viù per mettersi in qualche guaio?

- In qualche guaio?

- Sì, venite sole e pensate di trovare il paradiso. Vada a visitare Torino, là c'è molto da vedere, e poi se ne torni a casa. Ecco le chiavi della stanza, la trova al primo piano, seconda porta a sinistra. E se vuole mangiare qualcosa questa sera c'è un ristorante poco distante da qui.

Detto questo, si allontana dalla reception, scomparendo dietro una piccola porta alla sua destra.

Sono furiosa. Come può questa donna essere prima indiscreta e poi tanto maleducata?

Prendo la valigia e salgo di sopra. Apro la porta e mi ritrovo in una stanza piccola e dall'odore stantio. Butto il borsone sul copriletto e vado in bagno a lavarmi il viso.

Sono quasi le sette di sera, ma non ho fame.

Perché la signora non vuole che vada proprio a Viù? E perché ha avuto quella reazione dopo aver visto la foto?

Mi tornano in mente alcune sue parole: "Sì, venite sole e pensate di trovare il paradiso…".

Perché ha detto "venite"? Si stava forse riferendo a Marcella che un anno fa ha raggiunto questi posti da sola e qui ha trovato la morte? E se è così, perché ha detto di non conoscere la ragazza della foto? Perché mi ha detto di andare via da qui?

Mi sento molto nervosa. No, non posso pensare alla cena in un momento simile e non posso aspettare fino a domani mattina per cercare la sosia di Marcella. Anche se il sole sta per tramontare, voglio raggiungere Viù immediatamente.

Prendo lo zainetto e mi precipito fuori dalla stanza.

Do un'occhiata alla cartina, metto in moto l'auto e riprendo il viaggio.

Riassunto capitolo 4

Federica arriva nel piccolo albergo di Lanzo. La proprietaria è un'anziana signora che fa troppe domande.

Federica le fa vedere la foto della ragazza che somiglia a Marcella e la signora allontana la foto dicendo di non conoscerla poi, in modo maleducato, dice a Federica di non cercare guai a Viù e le consiglia di andare a Torino.

Federica è furiosa e pensa che la reazione della donna sia stata molto strana, perciò, anche se il sole sta tramontando, decide di non aspettare il mattino seguente ma di partire subito per Viù.

Capitolo 5

Mentre guido, provo un senso di eccitazione e paura allo stesso tempo. Non so che cosa farò quando arriverò a destinazione. A chi chiederò informazioni? A chi mostrerò le foto? E se troverò la sosia di Marcella, che cosa le dirò?

Comunque, nel profondo del mio cuore, so che sto facendo la cosa giusta.

All'ennesima curva mi trovo di fronte il segnale VIÙ. Sono arrivata.

Il sole è quasi tramontato e io parcheggio nel primo spiazzo che mi trovo davanti.

Scendo dall'auto e mi guardo attorno.

Vedo una donna che sta stendendo i panni e penso che è strano, perché di solito è qualcosa che si fa nelle ore calde della giornata, non mentre sta facendo buio. Mi avvicino e le dico:

- Buonasera.

La donna non risponde. Forse non ha sentito il mio saluto.

- Buonasera, signora! – ripeto a voce alta. – Sa se c'è un posto qui nei dintorni dove poter mangiare qualcosa?

- Deve andare su per questa strada e seguire le indicazioni. – risponde senza neanche guardarmi.

- Mi scusi, potrebbe darmi anche un'altra informazione? Sto cercando una ragazza che forse abita qui. Vorrei sapere se la conosce o l'ha vista qualche volta.

Senza aspettare la sua risposta, prendo lo smartphone e le mostro una delle foto di mio cugino. Lei fissa la foto per qualche secondo e non dice nulla.

- Signora, ha mai visto questa ragazza bionda?

Lei tace.

- Signora?

Lei è muta e immobile.

Sono turbata. Questa donna non mi darà nessuna informazione, così la saluto e mi avvio verso la strada che mi ha indicato.

Dopo un centinaio di metri vedo una signora dai capelli biondi che fissa il portone del Municipio. La donna è in piedi e non fa nulla, osserva il portone e basta.

- Buonasera, signora. Posso disturbarla?

La donna si gira, probabilmente ha circa settant'anni, e mi fa "sì" con la testa.

- Sono appena arrivata a Viù e ho bisogno di un'informazione. Sto cercando questa ragazza, ma non so se abita qui.

La donna guarda la foto e dice:

- *Cam lasa ste'!* (= *Mi lasci stare!* dialetto piemontese)

Poi torna a fissare il portone che stava guardando prima.

Non comprendo il preciso significato di questa frase, ma il tono e lo sguardo della donna non sono amichevoli.

Mi chiedo se a Viù sono tutti così poco socievoli o se sono io con queste domande a renderli diffidenti.

Sta scendendo la notte e io comincio ad avere paura. Forse è meglio trovare un ristorante per *mettere qualcosa sotto i denti* (= *mangiare*).

Continuo il mio cammino e, davanti ad un negozio chiuso, vedo una donna con una carrozzina. Sicuramente una giovane mamma non sarà diffidente come le altre due signore. Comunque devo cambiare strategia: è necessario che io dica qualche piccola bugia se voglio avere la fiducia di queste persone.

- Mi scusi, permette un'informazione?

- Dica pure.

- Sto cercando una vecchia amica di università di cui non ricordo l'indirizzo di casa, purtroppo ho perso anche il suo numero di telefono, perciò potrebbe dare un'occhiata a questa foto e dirmi se la conosce?

- Certamente.

La donna fissa a lungo la foto, dopo mi guarda e dice:

- Ci sono momenti in cui bisogna fare una scelta, decidere bene per proteggere le persone che amiamo.

La donna guarda il suo bambino nella carrozzina, si gira e riprende il cammino senza aggiungere altro. Io rimango completamente frastornata dalla risposta, allora seguo la donna, la fermo e le chiedo:

- Mi scusi, che cosa voleva dirmi con quelle parole?

- Buonasera. – mi risponde.

La donna si allontana velocemente e la vedo scomparire dietro una grande costruzione bianca.

Mi sento ancora più confusa di prima. Si alza un leggero vento e, nonostante sia luglio, sento freddo.

Proseguo lungo la strada e vedo una donna molto anziana, seduta su una panchina. Ecco, mi guarda, si alza e sparisce nel portone alle sue spalle.

Continuo a camminare e su un'altra panchina vedo un uomo che fuma la pipa. Mi guarda e gira la testa dall'altra parte.

Ormai è sera e io sto perdendo ogni speranza di trovare delle risposte.

Ma c'è una bambina accanto al cancello di un parco. La bimba sembra avere i capelli chiari, anche se non ne sono così sicura con questo buio, e li ha legati in due piccole code ai lati della testa. Indossa qualcosa di scuro e porta uno zainetto sulle spalle. Mi avvicino.

- Ciao!

- Ciao.

- Sei con la mamma?

- No, da sola.

- Da sola? E come mai? Non hai paura del buio?

Lei non mi risponde.

- Abiti qui?

- Sì, da tanto tempo.

Sorrido pensando alla sua giovane età.

- Ah, molto bene! Allora *ti va di (= vuoi)* dirmi se riconosci una ragazza che ho qui sul mio smartphone?

- Sì, è un bel gioco! Fammi vedere!

- Ecco, è questa la ragazza.

La bambina la osserva bene, poi dice:

- La sera passa sempre di qui.

- Allora la conosci?

- Sì, è sempre di corsa. Ma non vive a Viù, ormai la sua casa è il Ponte del Diavolo.

- Cos'è il Ponte del Diavolo?

- Un ponte sopra un fiume.

- Quale fiume?

Con il cuore in gola (= *con molta ansia*) attendo la risposta.

- Il fiume Stura.

Sentire il nome del fiume dove è morta Marcella è *un pugno nello stomaco* (= *un dolore forte e improvviso*). Mi mancano le forze, mi gira la testa e barcollo.

- Ti senti bene?

- Non molto, forse è perché sono digiuna da ore.

- Allora vai a mangiare qualcosa e aspettala qui. Lei arriverà. Lei arriva sempre.

Detto questo, la bambina si allontana lungo un sentiero costeggiato da un muro ricoperto di rose.

Non so cosa fare. Posso credere alle parole di una bambina che si trova da sola e al buio davanti ad un parco? La bambina mi sta forse *prendendo in giro* (= *deridendo*)?

No, io devo crederle.

Torno di corsa alla macchina che ho lasciato all'entrata del paese e guido fino al parco.

Ora me ne starò qui, *buona buona* (= *tranquilla*), ad aspettare la sosia di Marcella.

Non so cosa accadrà, ma voglio conoscere la verità.

Riassunto capitolo 5

Federica arriva a Viù. Il sole sta tramontando e lei vede una donna che mette i panni ad asciugare. Questo è strano: nessuno mette i panni ad asciugare mentre sta facendo buio. Comunque, Federica mostra la foto a questa donna che, però, non risponde.

Federica incontra altre due donne che non vogliono parlare con lei, una donna molto anziana che si rifugia in casa e un uomo che la ignora.

Federica incontra anche una bambina che riconosce la ragazza nella foto e le dà due informazioni importanti: dice che la ragazza passa per Viù tutte le sere e la sua casa è il "Ponte del Diavolo".

Federica torna in macchina e aspetta l'arrivo della ragazza.

Capitolo 6

Sono due ore che aspetto in macchina e comincio a sentire la stanchezza del viaggio e dell'intera giornata. *Ho lo stomaco chiuso* (= *non ho fame*), ma devo assolutamente mangiare qualcosa. Così riuscirò anche a non addormentarmi. Non posso perdermi la sosia di Marcella.

Voglio capire, devo sapere.

Apro un pacchetto di crackers e comincio a sgranocchiarli. Mentre mangio penso a questo paese vicino alle montagne, così vuoto, senza macchine e negozi aperti. Penso agli abitanti di questo paese, così strani, scostanti, di poche parole e anche incomprensibili.

Ma forse non c'è niente di strano: sono arrivata qui al tramonto, è normale che non ci sia gente in giro.

Sento un urlo! Cosa succede?

Guardo con attenzione attraverso il parabrezza e non vedo nulla. Forse mi sono sbagliata, ho immaginato di sentire un urlo.

Ritorno a sgranocchiare i miei crackers e questa volta sento chiaramente:

- Aiuto! Aiutatemi!

Apro la portiera dell'auto ed esco per metà.

Da dove è arrivato l'urlo? Guardo a destra, poi a sinistra e ad un tratto una figura si avvicina: sembra una ragazza… sì, è una ragazza! Sta correndo ma barcolla, sembra ubriaca. È buio, ma riesco a vedere i suoi capelli chiari, lunghi, ricci. La ragazza si avvicina sempre di più, viene verso di me. Ora è a un passo da me. La fisso come ipnotizzata. Lei si ferma per un istante, così i miei occhi fissano l'azzurro dei suoi. La ragazza davanti a me è proprio identica a Marcella.

- Non puoi essere tu! – le sussurro.

- Aiutami. – mi risponde.

Cerco di afferrarla per spingerla nella mia macchina, ma lei riprende a correre.

- Torna qui, posso proteggerti! – le urlo.

Cerco di seguirla ma lei è veloce, molto veloce, e io mi sento incredibilmente pesante, esausta.

La perdo di vista (= *non riesco più a vederla*), allora ritorno alla mia macchina e cerco di raggiungerla. Il paese è sempre deserto e la ragazza sembra essere svanita nell'aria.

Cosa devo fare? Dove vado a cercarla? Mi tornano in mente le parole della bambina:

"...ormai la sua casa è il Ponte del Diavolo.".

Devo andare là. Seguirò le indicazioni e troverò questa ragazza.

È buio, ho molto caldo e sto sudando. Guido con attenzione perché ci sono molte curve e non ho mai guidato su una strada come questa prima d'ora.

Cerco di fare attenzione ai cartelli stradali perché non so dove sia il Ponte del Diavolo.

Finalmente vedo il cartello che cercavo. Seguo le indicazioni e mi trovo davanti ad un recinto che mi costringe a parcheggiare la macchina. Per fortuna ho una torcia nel cruscotto e la uso per illuminare il sentiero che dovrò percorrere a piedi.

Il sentiero non è asfaltato, perciò cammino con cautela.

Sento il fragore del fiume che si muove sotto di me. Illumino con la torcia l'acqua che scorre e mi fa paura.

Continuo a camminare, anche se forse ho sbagliato a venire qui seguendo l'istinto e non la ragione.

Ecco, quello laggiù deve essere il Ponte del Diavolo!

I miei passi diventano più veloci. In un attimo sono sul ponte dove è morta Marcella e mi sento male: mi gira la testa e ho la nausea. Mi tremano anche le gambe e non riesco a stare in piedi. Mi siedo a terra, faccio un lungo respiro e aspetto.

Gli occhi si chiudono da soli per la stanchezza, mi sento sopraffatta.

Sento in lontananza delle grida: è la sosia di Marcella che grida aiuto. Non ho la forza di alzarmi. La ragazza corre verso il Ponte del Diavolo, mi passa davanti.

Ma non è sola, la sta inseguendo un uomo!

Lo vedo chiaramente anche se è buio: ha capelli lunghi e rossicci. È magro e incredibilmente alto. Cerca di afferrarla, ma lei prende una pietra e minaccia di colpirlo, lui si ferma e le dice ridendo:

- Che cosa pensi di fare? Credi davvero di mettermi paura?

La ragazza è terrorizzata e non riesce a dire neanche una parola.

Entrambi sono troppo vicini alla sponda del ponte e il mio cuore batte sempre più forte.

Lui prova ad afferrarla per i capelli, ma la ragazza sposta la testa e la mano dell'uomo afferra per sbaglio la collana e gliela strappa. L'uomo le grida:

- Puttana! – poi la colpisce al petto. La ragazza perde l'equilibrio e cade dal ponte. Io trovo il coraggio di alzarmi e di guardare di sotto: lei è immobile sulle rocce e il fiume scorre impetuoso accanto a lei.

È caduta dal ponte come Marcella!

Con tutta la forza che ho, urlo a squarciagola:

- Bastardo! Assassino!

Ma l'uomo non mi sente. Guarda la collana della ragazza che ha ancora fra le dita, se la mette in tasca e scappa via.

Io, invece, vedo scendere il buio totale intorno a me.

Riassunto capitolo 6

Federica sta aspettando la sosia di Marcella da due ore e sgranocchia dei crackers, perché non ha mangiato quasi nulla durante il giorno.

A un certo punto sente un urlo e vede una ragazza che corre e chiede aiuto: è assolutamente uguale a Marcella.

Cerca di fermarla per proteggerla, ma la ragazza è troppo veloce e la perde di vista. Alla fine Federica si ricorda delle parole della bambina e decide di andare al "Ponte del Diavolo". Sul Ponte del Diavolo, infatti, arriva la ragazza, inseguita da un uomo che la spinge giù. La ragazza muore e l'uomo, con la collana della ragazza in tasca, scappa via. Federica sviene.

Capitolo 7

Apro gli occhi piano piano e due persone mi stanno fissando.

- Dove sono? – domando.

- *Meno male*, (= *fortunatamente*) ti sei ripresa! – dice la donna.

- Sei sul Ponte del Diavolo. – dice l'uomo che è con lei.

Io mi sento intontita. Vedo le prime luci dell'alba e mi tornano alla mente gli ultimi momenti prima di svenire: l'inseguimento, la spinta, la caduta, la morte della sosia di Marcella… o era Marcella?

- Lo avete visto anche voi, non è vero? – dico cominciando a piangere.

- Chi?

- Quell'uomo alto, coi capelli rossi.

- Ma dove?

- Proprio qui dove siamo adesso! Quell'uomo ha spinto una ragazza dal ponte e l'ha uccisa. L'avete vista? Vi dico che è là sotto a ridosso del fiume!

Loro mi fissano imbarazzati.

Con fatica mi alzo e mi affaccio dal ponte per mostrare alla coppia il corpo senza vita della ragazza ma… non c'è nessun corpo sulle rocce!

Non capisco, sono ancora più stordita di prima.

L'uomo e la donna si guardano tra loro.

- Sei sicura di stare bene? – mi chiedono.

- Certo che sto bene. - rispondo risentita. – Non mi credete? L'ho visto con i miei occhi! Qualcuno ha nascosto il corpo!

- Ma dov'era esattamente il corpo?

- Venite, vi faccio vedere!

Lascio il ponte e scendo verso il fiume. La strada non è molto agevole, ma arrivo subito vicino alle rocce e non trovo alcuna traccia di sangue. Nulla, assolutamente nulla.

L'uomo vede il mio stupore e dice:

- È stato sicuramente un sogno, anzi, un incubo. E poi noi siamo qui da ieri sera e non abbiamo visto e sentito nulla.

Sono senza parole. Mi sento tanto stupida.

- Vuoi che chiamiamo un dottore? – mi dice la donna.

- No… no grazie. Tutto bene. Dev'essere stato solo un incubo. Mi dispiace. – rispondo, mentre sento le lacrime venirmi agli occhi.

Mi vergogno tantissimo. Guardo l'ultima volta il Ponte del Diavolo e scappo via.

Riassunto capitolo 7

Federica si risveglia. Un uomo e una donna la stanno fissando. Federica racconta alla coppia dell'omicidio che ha visto, ma l'uomo e la donna non credono alle sue parole: loro non hanno visto niente e non c'è neppure il corpo della ragazza uccisa.

Federica comincia a pensare di aver avuto un incubo. Si vergogna e se ne va via.

Capitolo 8

Sono in macchina e continuo a pensare a quello che ho visto. Possibile che sia stato solo un incubo, che mi sia immaginata ogni singolo dettaglio? Possibile che quell'uomo e quella ragazza non fossero reali?

Mi sento stanchissima, affamata, infreddolita.

Cerco di tenere gli occhi ben aperti per non sbagliare la strada che mi riporterà all'albergo. Faccio attenzione alle curve e guido lentamente, con estrema prudenza.

Ecco il cartello con la scritta LANZO. Sono arrivata in paese. Devo girare a destra e poi arriverò al mio albergo.

Il paese sonnecchia ancora, a parte qualcuno che corre per tenersi in forma. Quando scendo dall'auto ho il corpo indolenzito.

Suono al portone dell'albergo e viene ad aprirmi la proprietaria. La donna ha uno sguardo torvo, poi sollevato.

- Buongiorno.

- Buongiorno. – le rispondo.

- Tutto bene?

- Sì, sono solo affamata. È possibile fare colazione?

- La serviamo alle sette.

- Bene, giusto il tempo per rinfrescarmi.

In effetti non vedo l'ora di rilassarmi sotto un getto di acqua calda. Salgo di sopra, mi spoglio velocemente ed entro nella doccia, mi insapono e faccio scorrere a lungo l'acqua sulla pelle e i capelli.

Mi sembra di tornare alla vita. L'incubo della notte sembra allontanarsi.

La realtà scaccia i pensieri insensati e, mentre mi asciugo, penso che questo viaggio non sia stata una buona idea.

Dopo la doccia indosso un jeans, una maglietta e anche una felpa. Continuo a sentire freddo.

Scendo di sotto e vado nella saletta dove vengono servite le colazioni. C'è una coppia di anziani. Li saluto e loro salutano me con un sorriso.

C'è un buffet con cibi salati - prosciutto, salame, formaggi, uova sode – e cibi dolci – crostate con marmellata di albicocche, ciambellone, torta di mele, cornetti alla marmellata e al cioccolato – poi yogurt e diverse varietà di frutta.

Ho troppa fame, così prendo due croissant: uno con la marmellata e l'altro col cioccolato. Sto poggiando il piatto con i cornetti sul tavolo e, *con la coda dell'occhio* (= *senza guardare direttamente*), vedo avvicinarsi un cameriere. Mi giro e mi sento *venir meno* (= *svenire*): è l'uomo che ho visto sul Ponte del Diavolo! È proprio lui! Non riesco a smettere di fissarlo.

- Buongiorno, signorina, cosa le porto? Espresso, caffè americano, cappuccino, tè?

Io non riesco a rispondergli e lui mi fa uno sguardo ammiccante. Forse crede che io sia rimasta senza parole perché sono colpita dalla sua bellezza.

Ma per me lui non è attraente, anzi, trovo quest'uomo rivoltante, disgustoso. L'ho visto davvero la notte scorsa che buttava giù dal Ponte del Diavolo quella ragazza, ho visto il suo sguardo senza emozioni.

- Allora, cosa gradisce? – mi ripete.

Farfuglio:

- Un cappuccino.

- Mi scusi, non ho capito.

- Un cappuccino. – ripeto alzando la voce.

- Arriva subito. – risponde sorridendomi.

Porto i croissant alla bocca e la mia mano trema.

Dopo un po' vedo il cameriere tornare al tavolo con un vassoio. Si piega verso di me per appoggiare il cappuccino sul tavolo e mi porge anche un cioccolatino alla nocciola:

- Omaggio dell'albergo.

La camicia dell'uomo si apre leggermente e io posso vedere a pochi centimetri da me il ciondolo che ha appeso al collo: è quello che indossava sempre Marcella! Ne sono sicurissima perché lo aveva realizzato lei con le sue mani: aveva preso due sassi che aveva trovato in spiaggia e li aveva legati fra loro con un filo di rame e delle perline. Era sempre al suo collo, non lo toglieva mai.

Ma com'è possibile? Io ho visto quest'uomo uccidere una ragazza che somigliava a Marcella e portava il ciondolo di Marcella, quindi era Marcella! Ma Marcella è morta un anno fa! Allora, che cosa ho visto? È stata una fantasia della mia mente o la reale visione dell'omicidio?

Non capisco, sono sempre più confusa e piena di rabbia, odio. Devo incastrare quest'uomo, devo farlo condannare! Ma come? Chi mi crederà?

L'unica cosa che mi viene in mente è che ho migliaia di foto con Marcella e la sua collana e, se riesco ad avere una foto del ciondolo al collo di quest'uomo, avrò comunque una prova della sua colpevolezza.

- Lavora da tanto qui? – gli chiedo.

- Praticamente da sempre… sono il figlio della proprietaria.

- Oh, allora conosce molto bene queste zone.

- *Come le mie tasche* (= *benissimo*). Se ha bisogno di una guida…

- Possiamo darci del "tu"? – gli chiedo.

- Certamente! C'è qualcosa che posso fare per te?

- Sì, una cosa ci sarebbe, ma non vorrei sembrarti stupida o inopportuna.

- Dimmi!

- Ti faresti un selfie con me, come ricordo di questa vacanza? A volte le persone che si incontrano sono più importanti dei luoghi visitati. – gli dico, fingendo di essere attratta da lui.

Leggo nei suoi occhi il desiderio.

- Fai pure, nessun problema! – mi risponde.

Io sorrido, prendo lo smartphone e gli dico di abbassarsi per entrare nella foto accanto a me. Lui fa quello che gli dico e la camicia si riapre di nuovo, mettendo in mostra il ciondolo di Marcella.

Scatto la foto e penso: "Ecco la mia prova!".

Riassunto capitolo 8

Federica torna in albergo, si fa una doccia e scende a fare colazione.

Con grande sorpresa scopre che il cameriere, figlio della proprietaria dell'albergo, è proprio l'uomo che ha ucciso la sosia di Marcella. Scopre anche che ha al collo lo stesso ciondolo che aveva creato Marcella con le sue mani e da cui non si separava mai. Federica non sa se la notte ha avuto solo un incubo o la reale visione della morte di Marcella ma capisce, senza alcun dubbio, che è lui l'assassino della sua amica.

Federica si fa una foto con il cameriere per avere una prova della sua colpevolezza.

Capitolo 9

Ritorno in camera *in preda alla rabbia* (= *arrabbiata*). Ho dovuto sorridere e farmi una foto con l'assassino di Marcella. Giro e rigiro nella camera *come un leone in gabbia* (= *nervosamente*) e, mentre penso alla prossima mossa, mi mordo le unghie. Mordermi le unghie mi aiuta sempre a risolvere i problemi… ecco quello che farò: tornerò di nuovo a Viù e con un po' di fortuna troverò qualcuno più gentile di ieri che possa aver visto qualcosa un anno fa e possa aiutarmi ad incastrare quel bastardo.

Esco dalla camera, scendo le scale e mi affretto verso l'uscita. La madre dell'assassino mi chiede:

- Va via di nuovo?

Non le rispondo e continuo a camminare. L'assassino sta ancora servendo le colazioni e io esco dall'albergo.

Entro in macchina col *cuore in gola* (= *molto spaventata*) e guido verso Viù.

Osservo la natura che mi circonda e penso a quanto sia strana la vita: in un posto così pieno di verde, dove si respira già l'aria salubre delle montagne, dove ogni anfratto sembra creato per comunicare pace e armonia, Marcella ha trovato la morte e io forse sto diventando pazza.

Che Dio mi aiuti.

A differenza della sera prima, all'ingresso di Viù, vedo gente per la strada. Finalmente! Comunque non faccio fatica a trovare un posto per parcheggiare.

Mi incammino verso il centro e da lontano vedo subito la stessa signora che ieri stendeva i panni al tramonto, ma è stranamente immobile, con le mani alzate sul filo. Mi avvicino sempre di più e lei continua a non muoversi. Sembra una statua.

Comincio a preoccuparmi. Sta male, forse? I miei passi si fanno più veloci e mi avvicino sempre di più a lei. Ora le sono davanti e resto impietrita: di fronte non ho una donna *in carne e ossa* (= *un corpo reale*) ma un manichino di cartapesta! Indossa un abito con sopra uno scialle e porta un fazzoletto sulla testa proprio come la sera prima! Non capisco, quella donna aveva parlato con me e io le avevo persino mostrato la foto di Marcella! Ho parlato quindi con un manichino? Rabbrividisco dal terrore e mi allontano correndo.

Dopo circa cento metri, incontro l'anziana donna coi capelli biondi e il fazzoletto al collo, la seconda persona che mi aveva risposto male la sera prima. Continua a fissare la porta del Municipio: anche lei è un pupazzo di cartapesta!

Mi mancano le forze.

Proseguo il mio cammino traballando sulle gambe. Passo davanti al negozio di generi alimentari e ritrovo la donna con la carrozzina e il suo bambino, ma anche loro sono immobili, di cartapesta.

Che cosa succede?

Immagino già cosa vedrò più avanti: infatti sia l'uomo seduto sulla panchina a fumare sia la donna molto anziana sono di cartapesta.

E davanti al cancello del parco, anche la bambina con lo zainetto sulle spalle è un manichino.

Ma allora ieri sera con chi ho parlato? Mi sono immaginata tutto? Ho sognato davvero?

Ma se è così, come sono arrivata al Ponte del Diavolo?

Tutto questo va oltre la sfera della realtà e se non credo io a quello che ho visto, chi ci crederà?

Restare qui mi fa paura. Voglio tornare a casa mia, fuggire subito da qui. Purtroppo ho la valigia in albergo e devo tornare a riprenderla! Maledizione!

Il pensiero di rivedere l'assassino e quell'impicciona di sua madre mi dà il voltastomaco.

Guido come un automa, *affondando il piede sull'acceleratore* (= *accelerando*). Non sono più la strada e i camion a farmi paura ma i mostri travestiti da uomini, quelli che uccidono per rabbia e frustrazione.

Pochi metri ancora e me ne andrò via per sempre da qui.

Scendo dall'auto e sono costretta di nuovo a suonare per entrare in albergo. La signora mi apre e io la saluto velocemente, ma lei non mi risponde. Non mi importa.

Vado di sopra, riprendo la mia roba e scendo di sotto.

- Mi dispiace, ma sono costretta a partire. – dico alla padrona dell'albergo che mi penetra con lo sguardo.

- Come mai? È successo qualcosa? Forse non è rimasta soddisfatta della pulizia della camera?

- No, l'albergo non c'entra. Ho solo dei problemi urgenti di famiglia.

- Mi dispiace per la sua famiglia… – mi dice, poi aggiunge con fastidio - ma io non posso restituirle i soldi.

- Non le ho chiesto di restituirmeli.

Lei mi fissa senza parlare.

- E poi quello che dovevo fare qui l'ho fatto, perciò…

- Quindi ha trovato la ragazza che stava cercando…

- Arrivederla. - le dico senza dare altre spiegazioni.

Mi volto ed apro la porta dell'albergo per l'ultima volta. La richiudo dietro di me e mi sento *sana e salva* (= *lontana dai pericoli*). Raggiungo la macchina ma sento dei passi dietro di me e una mano mi tocca la spalla.

Sono così nervosa che urlo dallo spavento.

- Faccio così paura? – mi dice l'assassino.

- Oh no, scusa, non mi aspettavo che fossi tu. – rispondo fingendo tranquillità.

- Non dirmi che stai partendo!

- Sì, proprio così.

- Perché? Non dovevi restare da noi altre due notti?

- Dovevo, ma i programmi sono cambiati.

- Ma ci rivedremo ancora?

- E chi lo sa. Se mi dici il tuo nome, ti mando una cartolina.

- Tommaso, Tommaso Ferri.

- Te la mando qui in albergo?

- Certo!

- Allora, ciao.

Lui porge la mano per salutarmi e io sono costretta a stringergliela. Mi fissa negli occhi e mi sento morire. Abbasso lo sguardo e in un istante sento le sue labbra sulle mie. Cerco di trattenere la repulsione. Non deve accorgersi che lo odio *con tutta me stessa* (= *profondamente*).

- Ciao. – mi dice con un sorriso ambiguo.

Apro lo sportello dell'auto, butto dentro la valigia e, senza perdere un istante, metto in moto e lascio Lanzo per sempre.

Oggi è il 28 luglio.

Riassunto capitolo 9

Federica non sa che cosa fare, poi decide di tornare a Viù per parlare con altre persone che possono sapere qualcosa sulla morte di Marcella.
Quando arriva a Viù, però, fa un'altra terribile scoperta: le persone con cui ha parlato la sera prima non sono reali, ma dei manichini.
Federica è terrorizzata e confusa. Vuole tornare a casa sua, ma prima deve tornare l'ultima volta in albergo per riprendere la valigia.
Federica lascia l'albergo senza dare troppe spiegazioni alla proprietaria ma, mentre sta per entrare nella sua auto, la ferma l'assassino che le chiede il motivo della sua partenza, lei risponde che i suoi programmi sono cambiati, poi si fa dare il suo nome per spedirgli una cartolina. L'assassino la bacia e lei finge di gradire il bacio, poi lascia Lanzo. È esattamente il giorno in cui è morta Marcella un anno prima.

Capitolo 10

L'estate è finita, le giornate si accorciano *a vista d'occhio* (= *molto velocemente*) ed è tornata la pioggia.

Per fortuna ho trovato un lavoro a tempo pieno. Purtroppo è solo per tre mesi. Mia madre e mio nonno *non fanno i salti di gioia* (= *non sono felici*), ma è comunque un modo onesto per portare soldi a casa. Faccio la commessa in un negozio di abbigliamento poco lontano da casa mia e ho appena finito il turno del mattino.

Ho le gambe che mi fanno malissimo, stare in piedi tutto il giorno è un po' difficile per me che, per quasi quattro anni, non ho fatto altro che stare seduta all'università per assistere alle lezioni e stare seduta in biblioteca o nella mia camera per preparare gli esami.

È l'una, mia madre è ancora al lavoro e io dovrei cucinarmi qualcosa per pranzo, ma non ne ho voglia.

Accendo la TV e salto da un canale all'altro senza entusiasmo, poi sento:

"*Passiamo alla cronaca. Il caso, archiviato come incidente o possibile suicidio, della giovane donna Marcella Bonifazi, trovata senza vita nel fiume Stura il 28 luglio dello scorso anno, ha avuto una svolta decisiva questa notte. La polizia ha prelevato dalla sua abitazione l'incensurato Tommaso Ferri, 32 anni, originario di Viù. L'uomo gestiva con sua madre l'albergo "Il Ponte" a Lanzo. Ecco, lo vedete nelle immagini."*

I miei occhi sono incollati allo schermo, il mio corpo è proteso in avanti ed è come paralizzato.

"Le indagini sono scattate a seguito di una segnalazione anonima che mostrava la foto dell'uomo con addosso un oggetto molto particolare appartenuto alla ragazza e da cui quest'ultima non si separava mai. Durante l'interrogatorio di questa notte, l'uomo ha ripetutamente negato di aver conosciuto la ragazza ma, dopo aver visto i tabulati telefonici con le chiamate e i messaggi da lui fatti alla Bonifazi solo poche ore prima del delitto, è crollato e ha confessato di aver spinto la giovane dal Ponte del Diavolo poiché si era opposta alle sue richieste sessuali.

E ora cambiamo pagina e passiamo allo sport…"

Spengo la TV e non riesco ancora a credere a quello che ho appena visto e sentito. *Ce l'ho fatta* (= *ci sono riuscita*). Qualcuno ha dato importanza alla mia lettera e alle mie foto: quella di Marcella e quella dell'assassino con lo stesso ciondolo al collo.

Non riesco a trattenere le lacrime e piango come la sera in cui ho visto la foto della "sosia" di Marcella.

Ora sono assolutamente certa che era proprio Marcella. Voleva spingermi a partire, voleva che scoprissi la verità e le dessi giustizia.

In quel momento ricevo una notifica da facebook:

Marcella Bonifazi ha commentato la foto di Pietro Basso

Le mie mani tremano. Clicco sul link e mi appare il commento:

Grazie.

Nella foto di mio cugino, lei appare ancora alle sue spalle, ma nel suo volto non c'è più freddezza e tristezza. I suoi occhi brillano e la sua bocca è illuminata da un sorriso aperto, gioioso, grato.

Il cuore mi esplode nel petto dalla gioia (= *sono felicissima*) e bacio la sua immagine.

Riapro gli occhi pieni di lacrime e lei non c'è più nella foto. Scomparsa. Svanita nel nulla, come un angelo. Anche del suo messaggio non c'è più traccia.

Crollo sul letto e penso che probabilmente non saprò mai se le persone con cui ho parlato a Viù quella sera siano state solo frutto della mia fantasia o se i manichini di cartapesta abbiano assistito davvero alla scena della fuga di Marcella e non potessero parlare nel mondo reale, ma di una cosa sono assolutamente certa: Marcella ha finalmente trovato la pace che desiderava.

E anch'io.

Riassunto capitolo 10

L'estate è finita. Federica è nella sua città, ha trovato lavoro come commessa.

Tornata a casa, guarda il telegiornale e scopre che a seguito della sua lettera anonima con la foto di Marcella e del suo assassino con lo stesso ciondolo al collo, la polizia ha riaperto il caso e ha interrogato Tommaso Ferri.

L'uomo ha confessato l'omicidio.

Federica è felicissima. Ad un tratto riceve una notifica di facebook su una delle foto del cugino: è Marcella che le dice grazie.

Federica non può credere a quello che vede. Bacia il viso di Marcella che non è più triste ma sorridente. Un istante dopo, però, sia il messaggio sia Marcella scompaiono.

Federica non sa cosa sia successo a Viù e sul Ponte del Diavolo ma è sicura che Marcella finalmente abbia trovato la pace, e anche lei l'ha trovata.

Prima di lasciare questo libro...

fermatevi a leggere ancora un po', perché probabilmente imparerete altre parole, modi di dire e troverete anche interessante conoscere gli eventi reali che mi hanno ispirato questa storia.

Dunque, alcuni anni fa andai a fare una vacanza in Piemonte e, invece di fermarmi a Torino, decisi di proseguire in auto e visitare qualche località sconosciuta nei dintorni. Sul cammino trovai Lanzo e mi fermai in un piccolo albergo sulla strada, dove venni a conoscenza di una piccola città di nome Viù e di un famoso ponte, il Ponte del Diavolo, sul fiume Stura di Lanzo.

Il sole stava tramontando e pensai che sarebbe stato bello cenare a Viù. Arrivata in paese, parcheggiai la macchina e vidi una donna che stendeva i panni ma… non era una donna bensì un manichino di cartapesta. La cosa mi fece un po' paura (i manichini possono essere molto inquietanti) e continuai ad andare verso la piazza e… sorpresa!... incontrai tutti i manichini di cartapesta di cui parlo nella storia.

Rimasi molto turbata, anche perché il paese sembrava deserto, e scattai delle foto per fissare quello che avevo visto.

Il giorno dopo cercai il Ponte del Diavolo. Quel luogo antico -ricco di verde, dalle rocce rossicce, levigate- e il fiume impetuoso sottostante mi fecero pensare a quanto sarebbe stato spaventoso ritrovarmi là di notte.

Durante il mio ritorno a casa cominciai a pensare a una trama soprannaturale e il risultato finale è ciò che avete appena letto.

In questi anni ho fatto delle ricerche su internet e sul sito ufficiale di Viù per sapere quale fosse lo scopo di quei manichini di cartapesta sparsi per il paese, ma *non sono riuscita a cavare un ragno dal buco* (= *non ho ottenuto nulla*).

Bene, cari lettori, spero che la storia sia stata di vostro gradimento e che voi, cari studenti, abbiate anche imparato qualche parola nuova o espressione idiomatica in più.

Se potete e volete, lasciate una breve recensione nella vostra lingua o in italiano su Amazon, perché il mio scopo principale come insegnante e scrittrice è sapere se sto facendo un buon lavoro e se posso migliorare per aiutare altri studenti come voi.

Made in the USA
Middletown, DE
21 September 2018